LA COMÉDIE

DU RENARD

LA COMÉDIE

DU RENARD

SCÈNES RÉCENTES

PAR

MARC-MONNIER

PARIS

LIBRAIRIE SANDOZ ET FISCHBACHER

C. G. FISCHBACHER, SUCCESSEUR

33, RUE DE SEINE, 33

—

1878

DÉDICACE

A monsieur le docteur D u f o u r, de Lausanne,
qui m'a opéré de la cataracte.

Pendant que chez vous un bandeau
Couvrait ma paupière alourdie,
Convalescent et buveur d'eau,
J'ai dicté cette comédie.

Par le critique ou le badaud,
Qu'elle soit ou non applaudie,
Souffrez que je vous la dédie,
Et pardon du maigre cadeau.

Vous avez levé le rideau
Que, sur ma pupille engourdie,
Avait tiré la maladie.

Merci, maître et docteur Dufour :
Car vous m'avez rendu le jour,
Le jour, c'est-à-dire la vie.

M a r c - M o n n i e r.

PERSONNAGES

RENARD.

YSENGRIN, le loup.

CHANTE-CLAIR, le coq.

LADY PIEUVRE.

MUSTAPHA, chien de garde.

DARDANELLE.

CHŒURS.

COMÉDIE DU RENARD

SCÈNE PREMIÈRE.

RENARD, YSENGRIN.

Renard.

Oui, mon vieux compère Ysengrin,
On me fait beaucoup de chagrin;
On me dit très-fin, faux et fourbe,
Erreur! on déraille, on s'embourbe,
Je suis tout franc; mon seul défaut,
C'est de parler plus qu'il ne faut :
A tort, à travers, je révèle
Tout ce que j'ai dans la cervelle,
Et fais souvent des pas de clerc.
Or, j'en veux au coq Chante-Clair.
Ce fat plaît fort aux poules grasses,
Et, pour gagner leurs bonnes grâces,
N'a qu'à dire couquericou.
Je vais donc lui tordre le cou.

Ysengrin.

O Dardanelle, Dardanelle !

Renard.

Quoi ! toujours cette péronnelle ?

Ysengrin.

Plaît-il ? Tout beau, maître Renard,
J'interdis ce ton goguenard.
Péronnelle ? Dis plutôt reine
De la mer ; ondine, sirène
Faite de perle et de corail :
Une odalisque du sérail,
Une sainte en qui se confie
Le peuple élu : sainte Sophie !
C'est mon rêve.

Renard.

     Turlututu !
De qui, vieux loup, te moques-tu ?

Ysengrin.

Quoi ! tu doutes de moi, compère ?

Renard.

Beaucoup ; mais les deux font la paire ;
Nous doutons l'un de l'autre ; aussi
Parlons franc, les points sur les i,
Les pieds dans les plats. La sultane
Serait tienne, elle et sa tartane,
Sans la Pieuvre et son allié,
Qui t'ont rudement étrillé.
Mais sans Chante-Clair, cette Pieuvre
Hors de l'eau n'est plus qu'un hors-d'œuvre,
Et ne peut rien. Donc laisse-moi

Plumer Chante-Clair ; après quoi
Tu pourras croquer des pléiades
De sirènes et de naïades.
Hein ! parle ; est-ce habile ! est-ce admis ?

Ysengrin.

Chante-Clair est de mes amis,
J'en ai peu d'un pareil calibre...
Et l'équilibre, l'équilibre !

Renard.

L'équilibre, ah ! mon pauvre loup,
C'est un vieux mot à mettre au clou,
Un vieux tour d'antique acrobate.
Donc, motus ! il faut que j'abatte
Ma bête, et nous ferons un troc :
A toi l'ondine, à moi le coq.

SCÈNE II.

LADY PIEUVRE, RENARD
CHANTE-CLAIR.

Lady Pieuvre, seule.

Je suis une bête aquatique.
Du pôle arctique à l'antarctique,
Je répands mes livres sterling,
Qui font partout drelin, drelin ;
Je produis d'excellent ouvrage
En couteaux, rossbeef et cirage,
Et peux payer deniers comptants
La terre et tous ses habitants.

J'ai pour moi la plus haute estime,
Le respect le plus légitime;
Je fais par jour mes six repas
Et vis dans l'eau, mais n'en bois pas.

Renard, entrant.

Lady Pieuvre, je vous salue. ·

Lady Pieuvre.

Quelle est cette laideur velue?
C'est maître Renard... Venez çà;
Vous allez bien?

Renard.

Couci couçà,
J'engraisse et ne fais rien qui vaille.

Lady Pieuvre.

Moins de mangeaille et de buvaille!

Renard.

Nous tâcherons; en attendant,
Je veux donner un coup de dent
A Chante-Clair. Ce volatile
Est arrogant et versatile.

Lady Pieuvre.

Que vous a-t-il fait?

Renard.

Rien du tout,
Mais l'on n'entend que lui partout;
Il fait la loi; chacun le singe,

Parle son patois, met son linge,
Prend son shako, joue au turco,
Crie à l'écho : Coquerico.
Il faut donc que je le dépouille.
Puis, contre vous, il chante pouille ;
Il prétend qu'Ysengrin sans lui
Vous eût causé beaucoup d'ennui ;
Il vous tient pour très-peu de chose ;
Laissez-moi venger votre cause,
Et vous goûterez sans remord
Le plaisir de voir le coq mort.

Lady Pieuvre.

Ce qui me plaît dans vos idées,
C'est qu'elles ne sont pas fardées ;
Vous éclairez de tels rayons
Vos pensers et vos actions,
Que les plus grosses vilenies
Paraissent chez vous tout unies.
Allez à votre œuvre, allez-y
Gaîment, tranchez dans le moisi,
Et, d'une façon magistrale,
Faites, sans léser la morale,
Votre métier de grands chemins ;
Moi, je m'en lave les deux mains.

Elle rentre sous l'eau.

Renard, seul.

Vraiment, cette bête aquatique
A du sens et de la pratique ;
Tel animal moins fabuleux
A l'esprit bien plus nébuleux ;

Ainsi Chante-Clair : il s'arrête
Sur ses ergots, brandit sa crête,
Se croit le maître et le premier,
Quand son empire est du fumier ;
Stupide orgueil, que réprimande
Notre modestie allemande.
Glissons-nous vers lui sans tambour.
Il a son pâté de Strasbourg .
Dans le bec, un pâté de foie
D'oie, ô joie, ô proie, on le broie
Du bec, on le croque du flair.

Abordant le Coq.

Eh ! bonjour, seigneur Chante-Clair.

Chante-Clair, à part·

Le fourbe a son air le plus tendre,
Mais, bah ! je ne veux pas l'entendre.

Renard.

Tubleu ! que vous me semblez beau !

Le Coq, à part.

C'était bon pour l'ancien corbeau.

Renard.

Sans mentir, si votre ramage
Se rapporte à votre plumage,
Je vous tiens pour un vrai phénix

Chante-Clair, à part.

L'air est trop connu : Versteh nix.

Renard.

On dit votre voix si touchante,
Si sonore !

Chante-Clair, à part.

Attends que je chante !

Renard.

Surtout dans le couplet galant :
Ce fut toujours votre talent
De charmer toute jouvencelle...
    A part.
Il sourit, le pâté chancelle.
    Haut.
Ou dans l'héroïque refrain,
Quand vous triomphez d'Ysengrin,
Quand votre voix s'élève et crie :
Allons, enfants de la patrie !

Le Coq, s'oubliant, chante :

Le jour de gloire est arrivé !

Renard.

Le pâté s'écroule. Enlevé !

Chante-Clair.

Hélas ! mon pâté, ma pitance !
Fourbe, escroc, gibier de potence,
Voleur, flibustier, malandrin !
Venez à moi, Pieuvre, Ysengrin !
Nul ne répond ? On me supprime ;
On veut que tout seul je m'escrime,

2.

Je vais donc tout seul batailler.
Pas un coin de mon poulailler!
Pas un seul fétu de ma paille!
Viens donc çà, Renard, qu'on te fouaille!
Fais-moi voir les dents, si ça mord.

Renard, à ses cousins germains.

Tombez tous sur lui.

Chante-Clair, sur le flanc.

Je suis mort.

SCÈNE III.

RENARD, dans sa maison; YSENGRIN, dehors,
devant la porte.

Ysengrin.

O Dardanelle, Dardanelle,
Qui dors sur le sable marin,
Tourne ici ta brune prunelle
Et reconnais ton Ysengrin.

Renard, à part.

Ce vieux loup que la rage emporte
Fait bien du bruit devant ma porte.

Ysengrin.

On m'a dit : Nous ferons un troc :
A toi l'ondine, à moi le coq.

Renard, à part.

Oui, c'est bien ma parole expresse ..
Je parle trop quand le temps presse.

Ysengrin.

Quel est maintenant ton parti?

Renard, à part.

Faisons semblant d'être sorti.

Ysengrin.

Je n'ai pas gêné ton affaire.
Chacun son tour, laisse-moi faire.
Réponds-moi, n'ai-je pas raison?...
Rien. N'est-il pas à la maison?
Oui, par le trou de la serrure,
Je vois le pan de sa fourrure...
Tu ne dis rien; qui ne dit rien
Consent. C'est fait. Adieu, vaurien.

SCÈNE IV.

LADY PIEUVRE, CHANTE-CLAIR,
YSENGRIN, MUSTAPHA.

Lady Pieuvre.

Plaît-il? Qu'entends-je? Un bruit de guerre.
Ysengrin, si calme naguère,
Subitement se rebiffa.
Il va tout droit chez Mustapha,
Le gros chien qui fait sentinelle
Et tient la clef de Dardanelle.

Courons avertir mon vieux coq.

Elle heurte à la porte de Chante-Clair.

Ouvrez, mon ami, tic toc.
Vrai, quand on vous examine,
On vous trouve bonne mine.
Vous paraissez plus vivant,
Plus jeune et gaillard qu'avant.

Chante-Clair, à part.

Louer n'étant pas son vice,
Elle a besoin d'un service.

Lady Pieuvre.

Ysengrin, notre ennemi,
N'étant battu qu'à demi,
Hurle et fait le diable à quatre ;
J'ai grand besoin de le battre.

Chante-Clair.

Battez-le.

Lady Pieuvre.

C'est que, sans vous,
Je ne vaux pas quatre sous.

Chante-Clair.

Que voulez-vous que j'y fasse?

Lady Pieuvre.

Enfoncez-lui sur la face
Quatre ou cinq bons coups de bec,
Il perdra le goût du grec.

Chante-Clair.

Vous vous flattez qu'on se batte
Pour vos beaux yeux?

Lady Pieuvre.

Je m'en flatte.

Chante-Clair.

Quand j'étais roué de coups,
L'autre jour, que faisiez-vous?

Lady Pieuvre.

Je fumais, ne vous déplaise,
Une pipe en vous plaignant,
Et la pipe était mauvaise.

Chante-Clair.

Vous fumiez? J'en suis fort aise;
Eh bien! crachez maintenant.

Il rentre dans son poulailler.

Lady Pieuvre.

Il rit; il serait bête à rire
Jusque dans une poêle à frire;
O peuple superficiel!
Mais nous, remuons terre et ciel,
Et, pour conjurer les tempêtes,
Convoquons les plus grosses bêtes.
Eh! là-bas, les grands animaux,
Je voudrais vous dire deux mots.

Les grands Animaux.

Prusse, Autriche, Italie et France,
Assemblons-nous en conférence.

Lady Pieuvre.

Je viens vous dire qu'Ysengrin
Chez Mustapha s'en va grand train...

Ysengrin, s'approchant.

La calomnie est criminelle.

Lady Pieuvre.

... Pour escamoter Dardanelle.

Ysengrin.

Moi! tendre un pareil traquenard?
C'est faux, demandez à Renard.
Jamais je n'ai mordu les autres
Que pour la foi des saints apôtres,
Laquelle en mon pays prévaut.
Je suis carnassier, mais dévot.
Je veux déchirer sous ma griffe
Mahomet, prophète apocryphe;
Ce qui me chasse de chez moi,
Ce n'est plus la faim, c'est la foi.

Lady Pieuvre.

Fi du loup qui se fait ermite,
Change en bénitier sa marmite,
Et prend les vases du saint lieu
Pour y cuire son pot-au-feu !

Ysengrin.

Mais, seigneurs, ceci vous regarde.
Mustapha, l'affreux chien de garde,

Est enragé. S'il voit céans
Des caniches non mécréants,
Il les mord.

Lady Pieuvre.

Oui, quand ces caniches,
Au lieu de rester dans leurs niches,
Sur lui sautent en le griffant :
Quand on l'attaque, il se défend.

Ysengrin.

Je vous dis qu'il est hydrophobe.

Lady Pieuvre.

Aussi faut-il qu'on lui dérobe
Son chenil.

Ysengrin.

Bien plus : sans surseoir,
Il faut l'abattre avant ce soir.

Les grands Animaux.

Boum !

Mustapha.

Je demande la parole.

Ysengrin.

Pas du tout, reste dans ton rôle.
Ne parle pas. Dans ton pays,
C'est moi qui commande, obéis.
A droite, à gauche, en long, en large,
Pas accéléré, pas de charge,
Halte ! Fais le beau, fais le mort,
Et lèche les pieds du plus fort !

Si tu veux la paix, subalterne,
Sois doux, soumis, humble et paterne.
A l'instant, je vais te lier;
Laisse à ton cou mettre un collier,
Une muselière à ta gueule,
Et pas une plainte, une seule!
Sans quoi, double et triple chaînon!

Lady Pieuvre, bas à Mustapha.

Dis non.

Mustapha.

Je dis non.

Ysengrin.

Tu dis non?

Lady Pieuvre.

Il dit non et ne vous craint guère.

Ysengrin.

Alors c'est lui qui veut la guerre,
Et qui répond des coups reçus.

Mustapha, bas à lady Pieuvre.

Vous m'aiderez?

Lady Pieuvre.

Compte dessus.

Elle rentre chez elle.

SCÈNE V.

RENARD, LADY PIEUVRE,
LES POLITICIENS, DARDANELLE.

Renard, seul.

Ces deux fous se sont mis en garde,
Qu'ils se gourment, ça les regarde :
Ils s'abîment en se gourmant
Et me servent en s'abîmant.
Dans tous les temps, surtout aux nôtres,
Notre bien, c'est le mal des autres :
Tel est le dogme incontesté
Qui régit la société.
Pourtant ici mon rôle est double.
Que faire et dire? J'y vois trouble.
Si le loup, mon compère, est frit,
Il faudra que j'en sois contrit,
Bien que le malheur d'un compère
Soit toujours un fait qu'on espère.
Mais si le chien meurt, je devrai
Faire l'heureux, bien que navré ;
Aussi faut-il que je m'applique
A prendre un aspect bucolique.
Je vais souffler dans un pipeau,
Mettre des fleurs à mon chapeau,
Et, pendant toute la frottée,
Relire Hermann et Dorothée.
Après quoi, si ces deux lurons
Me tirent du feu des marrons,
Eh bien !... nous les grignoterons.

Les Politiciens.

Que dit Renard? De sa retraite,
C'est lui qui mène l'univers;
Il conduit d'une main distraite
L'un au succès, l'autre au revers.
Dès longtemps, par des règles sûres,
Il a supputé les morsures
Des animaux démuselés;
Qu'il parle ou se taise, la terre
L'écoute parler ou se taire;
On commente ses mots voilés,
On approfondit son silence;
L'avenir est dans sa balance;
Le moindre coup de pied qu'on lance
Ne part que s'il a dit : Allez!

Renard.

Quelle est la bête la plus forte
De ces deux monstres enlacés?
Quand l'une des deux sera morte,
Que ferons-nous? Si je le sais,
Je veux que le diable m'emporte.
Venez danser sous les ormeaux,
Bergers, prenez vos chalumeaux !

Lady Pieuvre.

A bas le loup, vive le dogue !
Le plus vaillant est le moins rogue !
Il a donné le premier coup;
Vive le dogue, à bas le loup !
L'Europe encor n'est pas cosaque :
Mais le loup revient à l'attaque,

En ramassant par les chemins
Des Monténégrins, des Roumains ;
Tout roquet grec, serbe ou bulgare
Court au combat sans crier gare...
Hardi ! mes bons petits héros,
Mêlez-vous aux guerres des gros ;
Messire loup, pour votre peine,
Vous avalera d'une haleine.
Mais toi, Mustapha, que fais-tu ?
Te voilà donc cerné, battu ?
Va, ne compte plus sur mon aide :
C'est trop tard, ta cause est trop laide,
Puis, chez moi, le parti des fous
(Le plus nombreux) tient pour les loups.
D'ailleurs ma foi n'est pas la tienne ;
N'attends donc pas que j'intervienne ;
Je n'interviens jamais pendant
Qu'on échange des coups de dent ;
J'interviens après, quand on cause...
J'y gagne toujours quelque chose.
Mais, malheur ! Ces rustres épais
Traitent sans moi, signent la paix !
Peste ! il n'est plus temps qu'on diffère,
Marchons ! Ne pouvant plus rien faire
Pour empêcher l'éreintement,
J'interviens énergiquement.

Les Politiciens.

Chacun s'agite et vocifère ;
Mais Renard, que va-t-il donc faire ?
La paix règne s'il est content,
La guerre quand il est plein d'ire

Mais il se lève en clignotant...
Il va parler... Que va-t-il dire?

Renard.

Vous qui, dans les pays lointains,
Attendez de moi vos destins,
De quel droit, peuples, à quel titre
M'avez-vous choisi pour arbitre?
Je ne veux pas me battre ici,
J'y gagnerais trop peu ; merci !
Je ne ferai de sacrifices
Que pour d'énormes bénéfices.
Pourquoi recourir à mon art?
J'aime Ysengrin, foi de Renard ;
J'aime aussi beaucoup lady Pieuvre,
Qui, dans son genre, est un chef-d'œuvre :
Je n'ai point à prendre parti.
A qui le magot? Beati
Possidentes ! *La grande affaire*
Étant d'occuper, je préfère
Un bon tiens à deux tu l'auras.
C'est en mangeant qu'on devient gras ;
C'est en prenant qu'on devient riche,
Disais-je à mon cousin d'Autriche,
Qui me veut pour guide et parrain ;
Ce nonobstant, j'aime Ysengrin.
Est-ce clair? Quant à Dardanelle,
Il nous faudra, je crois, pour elle
Le tribunal le plus malin.
Il est des juges à Berlin.
Venez-y couronnés de roses,
On y dira de belles choses

Sur des airs connus. Cependant
Ne me nommez pas président.
Cassant, mais cassé, très-fragile,
Je ne suis qu'un vieux pot d'argile.
Le moindre choc m'est interdit.

Les Politiciens.

Bravo !

Se regardant les uns les autres.

Qu'est-ce donc qu'il a dit?

Lady Pieuvre.

L'oracle est facile à comprendre :
Qui veut garder
Doit posséder,
Et qui veut posséder doit prendre,
Et qui veut prendre doit d'abord
S'armer de bâbord à tribord.
Ainsi toujours ont fait les races
De Cham, de Japhet et de Sem.
Allongeons nos pinces voraces :
Para bellum, si vis pacem.

Renard, bas à Ysengrin.

Tu feras bien si tu recules :
La Pieuvre étend ses tentacules,
Et toi sur terre, elle sur mer,
Vous regardant pleins de vaillance
Sans vous gourmer, vous aurez l'air,
De quoi? De deux chiens de faïence.
On se ruine à ce jeu-là,
Quand on n'a pas les sous qu'elle a.

Mieux vaut s'arranger, ce me semble :
Tripotez donc la paix ensemble,
Dites-vous vos petits secrets,
Puis je sonnerai le congrès.

Ysengrin, à lady Pieuvre.

Je vous salue, illustre poulpe !
Je suis sans reproche et sans coulpe
Et ne me bats que pour la foi,
Vous le savez bien. C'est pourquoi,
Paix entre nous, paix éternelle !
Voulez-vous ? Je prends Dardanelle,
Vous prendrez Mustapha.

Lady Pieuvre.

    Va-t'en,
Corrupteur ! Arrière, Satan !
Tu conduis mon esprit austère
Sur des monts qui touchent les cieux,
Et tu déroules à mes yeux
Tous les royaumes de la terre...
Mais, avec un geste éloquent,
Je te réponds : Lève ton camp !

Renard, à Ysengrin.

Poui ! tu dis des choses énormes...
Dans le grand monde, il faut des formes...

A lady Pieuvre.

Je propose un arrangement
Où chacun gagne honnêtement :
Messire Loup, pour sa victoire,
Écornera le territoire

Du roquet roumain; c'est ainsi
Qu'on dit aux petits chiens : Merci !
Nous pourrons, sans cérémonie,
Offrir un mouton de Bosnie
A l'Aigle aux deux becs; vous, enfin,
Vous aurez un cru superfin :
Chypre ! Quel vin et quel vignoble !

Lady Pieuvre.

J'accepte avec un geste noble.

Renard.

Je vais donc sonner le congrès ?

Lady Pieuvre

Mais vous ?

Renard.

Viendra mon tour après.

Lady Pieuvre.

Cependant un point m'indispose :
Chante-Clair n'aura pas grand'chose ;
J'ai pour lui de l'affection
Et veux, en toute occasion...

Renard.

Le lui prouver ?

Lady Pieuvre.
Non, le lui dire.

Renard.

Son lot ne sera pas le pire :

Étant seul honnête et moral,
Il s'en ira, la patte nette,
Avec le respect général.
Sur quoi, je tire la sonnette.

    Il sonne.

Hors d'ici, roquets et grimauds !
Au congrès, les grands animaux !

CHOEUR DES GRANDS ANIMAUX

Je prends un pas de dignitaire,
Et vais, gardant le décorum,
Rétablir la paix sur la terre
In sæcula sæculorum !

    Dardanelle.

Je dormais si bien sur le sable,
Dans ma jeunesse et ma beauté !
Ces gens-là font un bruit du diable...
Tournons-nous de l'autre côté.

    Elle se rendort.

FIN

IMPRIMÉ PAR A. QUANTIN

POUR

C. G. FISCHBACHER, LIBRAIRE-ÉDITEUR

A PARIS

www.ingramcontent.com/pod-product-compliance
Lightning Source LLC
LaVergne TN
LVHW012317050726
842524LV00004B/1463